編著／林美女

看圖學注音

（一）

看圖學注音

目錄

頁次	教材內容	注音符號
1	一	一
2	一ˇ	
5	一ㄚˊ	ㄚ
6	一ㄚ	
11	ㄨㄚˋ	ㄨ
12	ㄨㄚ	
13	ㄨ	

頁次	教材內容	注音符號
16	練習一	
19	ㄅㄚ	ㄅ
20	ㄅㄚˊ	
21	ㄅㄨˋ	
22	ㄅㄧˇ	
25	ㄇㄚ	ㄇ

頁次	教材內容	注音符號
26	ㄇㄚˇ	ㄇ
29	ㄇㄠ	
30	ㄇㄠˊ	
31	ㄅㄠ	
34~35	練習二	
38	ㄅㄠ	ㄅ

頁次	教材內容	注音符號
39	ㄅㄧˋ	ㄅ
40	ㄅㄚ	
43	ㄅㄞˋ	ㄞ
44	ㄅㄞˊ	
46	ㄆㄠˇ	ㄆ
47	ㄆㄞ	
48	ㄆㄧˊ	

頁次	教材內容	注音符號
51	ㄆㄛˋ	ㄛ
52	ㄇㄛ	
53	ㄅㄛ	
54	ㄨㄛˇ	
57~59	練習三	

使用說明

　　本套注音符號的出現順序，是依學生學過的注音符號為基礎，引導他學習新注音符號的方式，編排注音符號出現先後順序。所以不能顛倒單元順序學習。請依照單元的先後順序學習，由第一冊、第二冊、第三冊、第四冊、第五冊的順序學習。每一冊要依頁次學習。圖可以給兒童著色、練習說話。

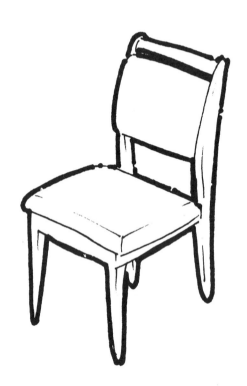

貼一貼，說說看屋裡哪個音相同？

一

一˘

1~3

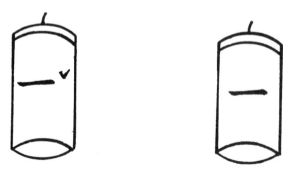

1～4

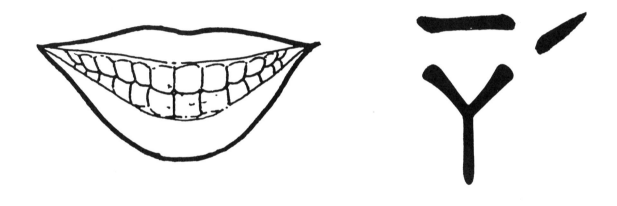

Y

Y

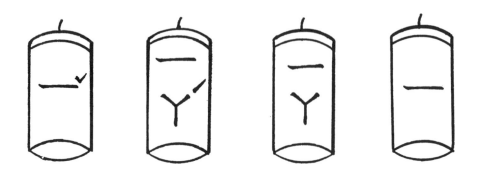

1～8

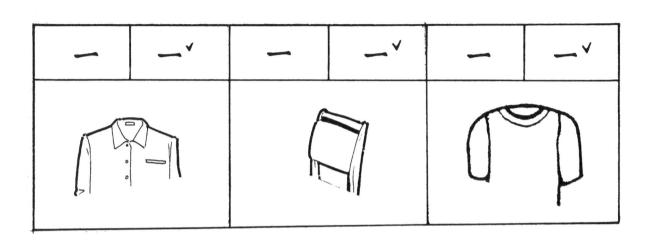

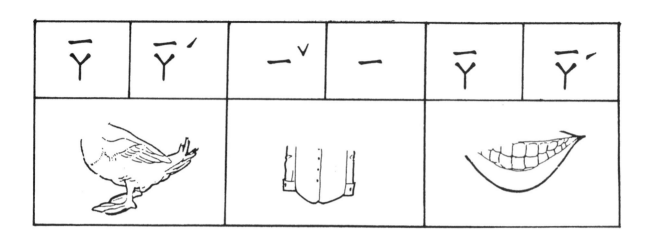

ㄧㄚ	ㄧㄚˊ	ㄧˇ	ㄧ	ㄚ	ㄚˊ

1～11

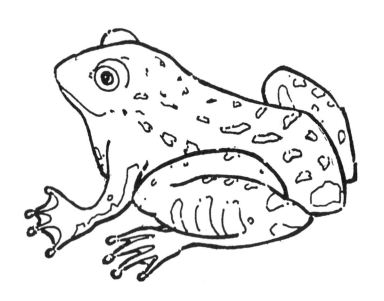

ㄨ

ㄚˋ

連連看，再把「ㄨ」音圈起來。

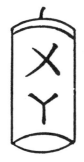 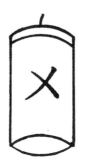 

1～15

練習一
ㄌㄧㄢˋ ㄒㄧˊ ㄧ

一ㄚˊ	一ㄚ	一

ㄨㄚ	ㄚ	一ˇ

ㄨㄚˊ	ㄨㄚˋ	ㄨ

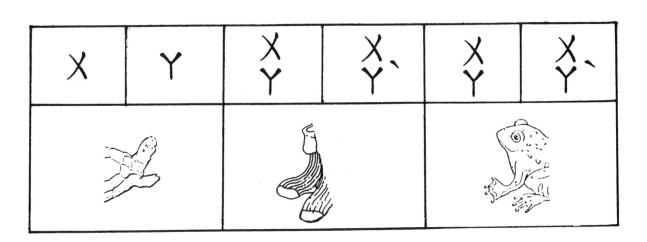

ㄨ	ㄚ	ㄨㄚ	ㄨㄚˋ	ㄨㄚ	ㄨㄚˋ

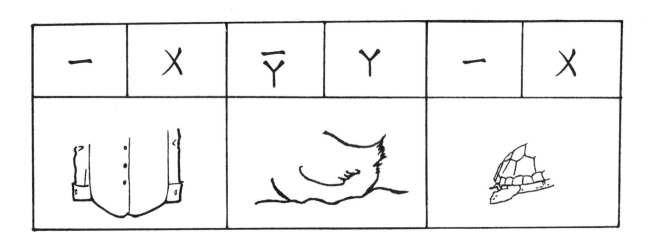

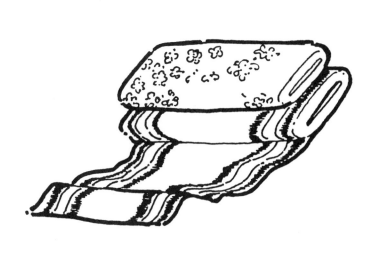

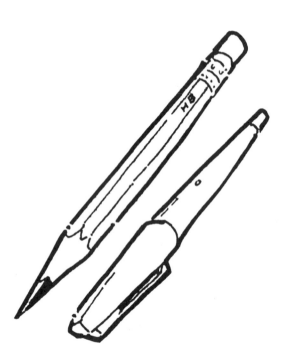

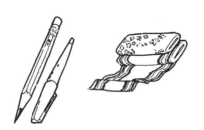   

連連看，再把「ㄅ」音圈起來。

1〜24

ㄇ

ㄇ

ㄇ

貼一貼，說說看屋裡哪個音相同？

ㄚ

ㄚˋ

1～27

連連看，再把「ㄇ」「ㄚ」音圈起來。

ㄇ
ㄠ

公

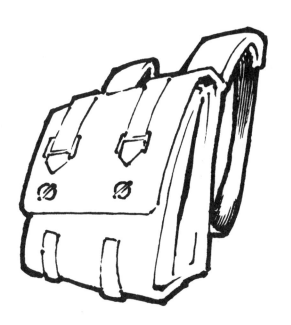

ㄅ
ㄠ

貼一貼，說說看屋裡哪個音相同？

ㄅ
ㄇ

1~32

    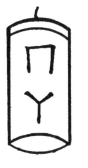

連連看，再把「ㄠ」音圈起來。

ㄇㄚ　ㄅㄠ　ㄇㄠ　ㄇㄠ

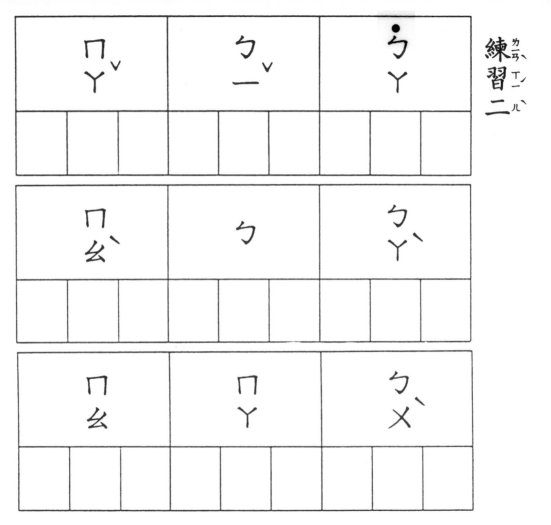

ㄇㄚˇ　　ㄅㄧˇ　　ㄋㄚˋ

ㄇㄠˋ　　ㄅ　　ㄅㄚˋ

ㄇㄠ　　ㄇㄚ　　ㄅㄨˋ

練習二

1~34

ㄇㄨˋ	ㄅㄧˋ	ㄇ

ㄧㄚˊ	ㄇㄧˋ	ㄇㄚˋ

ㄨㄚˋ	ㄠ	ㄅㄠ

ㄇㄠˋ	ㄠˊ	ㄉ	ㄉㄠ	ㄅ	ㄅㄨˋ

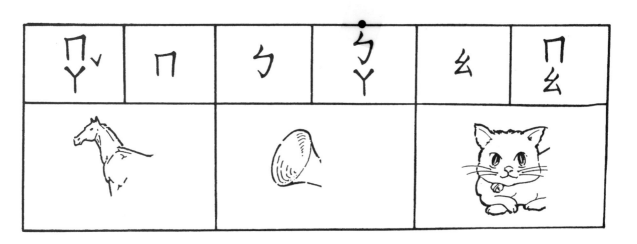

ㄉ
ㄠ

貼一貼，說說看屋裡哪個音相同？

1~41

連連看，再把「ㄅ」音圈起來。

ㄆㄠ　ㄅㄠ　ㄅㄚ　ㄅㄧ

ㄉ
ㄞˋ

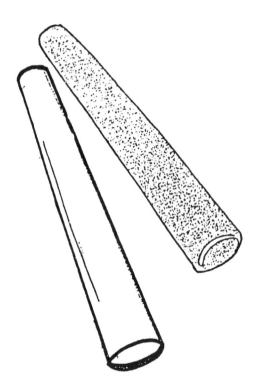

ㄅㄞˊ

貼一貼，說說看屋裡哪個音相同？

ㄉ

ㄆ

1～45

ㄆ
ㄞ

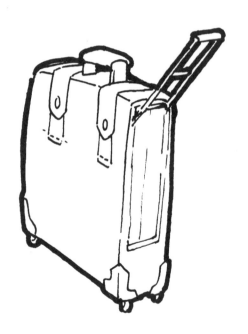

ㄆㄞ

ㄆㄧˊ

ㄆㄠˇ

貼一貼，說說看屋裡哪個音相同？

ㄆ
ㄇ

1～55

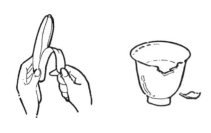   

連連看，再把「ㄛ」音圈起來。

ㄆ、ㄛ　ㄨ、ㄛ　ㄅ、ㄛ　ㄇ、ㄛ

1～56

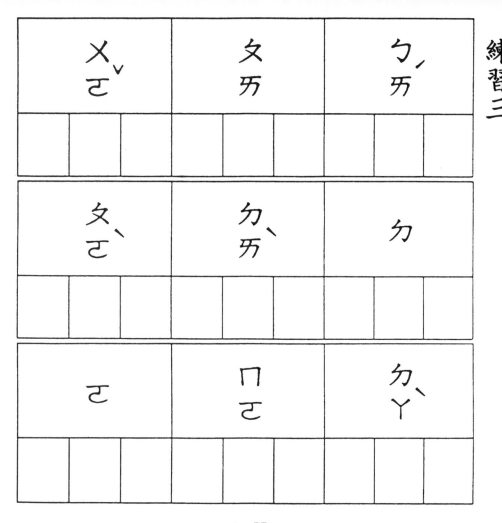

ㄨˇ ㄛ	ㄆㄞ	ㄅˊ ㄞ
ㄆˋ ㄛ	ㄅˋ ㄞ	ㄅ
ㄛ	ㄇ ㄛ	ㄅˋ ㄚ

ㄅㄠ	ㄆㄧˋ	ㄅㄞˊ

ㄆㄞ	ㄅㄧ、	ㄞ

ㄆ	ㄅㄚˇ	ㄆㄠˇ

ㄆㄠˋ	ㄆ	ㄛ	ㄆㄛˋ	ㄅㄞˋ	ㄞ